사랑이 가득한 집

이 도서의 국립중앙도서관 출판예정도서목록(CIP)은 서지정보유통지원시스템 홈페이지(http://seoji.nl.go.kr)와 국가자료종합목록 구축시스템(http://kolis-net.nl.go.kr)에서 이용하실 수 있습니다.
(CIP제어번호 : CIP2020006331)

J.H CLASSIC 045

사랑이 가득한 집

김영수 시집

지혜

시인의 말

오랫동안

바라보았던 곳에

한 톨의 씨앗을 떨어뜨린다

이제

부지런히

글밭을 가꾸어 가련다

2020년 초입

김영수

차 례

2부

3부

4부

• 일러두기
　한 연이 첫 번째 행에서 시작될 때는 > 로 표시합니다.

1부

두물머리에서

찰칵 찰칵
연신 카메라 셔터가 터진다
물안개가 살포시 피어 오른다
그림틀에는 또 다른 주인공이 등장한다
추억을 만드려나
옛정을 간직하려나
새로운 인연을 이어가려나

부산한 한 폭의 사연을
느티나무는 말없이 지켜보고 있다
오늘도 어제처럼
아마 내일도 오늘처럼
그렇게 이곳은 늘 분주하다

각자 걸어 온 두 갈래길
여기에서 이제 하나 되어 동행하는 길
이곳 두물머리는 행복발전소다

연탄 한 장

스산한 언덕에
길 하나를 사이에 두고
세상과 단절된 외딴섬

이곳은 시간이 멈춰진 공간이다
여기저기에는 세파와 함께한
영겁의 세월이 가득하다

오늘 이곳에 연탄 한 장 놓고 간다
작은 불씨 하나가
희망으로 되살아나기를 소망하며

돌아서는 길모퉁이에
속이 텅 빈 느티나무가 미소 짓는다

간이역

우리의 흔적이 머문 곳에
아련한 여운을 담아
간이역을 세워본다

그곳 대합실에
빛바랜 사진도 걸어본다

산들산들 미소 짓는
코스모스와 함께
지난 날의 정담을 나누며
긴 세월의 어색함을 달래본다

무심한 기적소리에
또다시 그리움은 밀려오고
아름답던 기억은 허공을 맴돈다

민들레벌판의 기적

아들이 아빠의 군화를 신고 있다
예비군 훈련 간단다
30여년전 애환을 간직한
노병의 신발에 아빠의 시선이 고정된다
한때 젊음을 헌납한
철원의 산야山野가 눈에 선하다

고요한 적막감 속에 운무雲霧가 피어 오른다
철조망도 자연의 섭리에 무릎을 꿇는다
경계가 사라진 민들레벌판*에는 자유로움이 가득하다
이제 남과 북은 하나가 된다
오손도손 남남북녀의 숨소리만 요란하다

사람들이 갈라놓은 한반도,
자연이 하나로 만들었네
서로 겨누던 총부리도 잠시 거둔다
온갖 군상들이 남과 북을 마음대로 넘나든다

순간, 운무가 사라진다
다시 철조망이 선명하다

다시 총부리를 겨눈다
구름도
우리의 소원도
경계에 멈춘다

한 세대가 지났지만
오늘도 그곳은 그때 그 모습이다
민들레는 여전히 노오란 꽃을 수놓고 반긴다
155마일 휴전선은 알고 있다
하나되는 자연의 기적을
이제 인간의 기적을 기다린다

또 30년 후
아들의 군화는
통일박물관에서 보초서고 있을까
역사의 산증인으로 선서하고 있으려나

* 민들레벌판 : 강원도 철원군 비무장지대.

그대의 향기가 그립습니다
— 송재곤 은사님을 기리며

그대는
길 잃고 방황하다 쓰러져 있던
어린 야생마들을 포승줄로 꼭꼭 묶어
무작정 희망의 창가로 끌고 갔었죠

그대는
철없던 우리들이
불가능하다며 벗어나려고 발버둥 칠 때
밧줄을 조였다 풀었다 하셨죠
사실은 그때 어린양들은
창가에서 비쳐오는 여명을 바라보며
가슴이 뛰기 시작했었죠

한 세대가 흐른 지금
그 어린 야생마들은
우리사회 구석구석에서
그대가 그토록 바라던
크고 작은 동량으로 우뚝 섰습니다

그대!

이제 고단했던
참스승이라는 큰 짐
내려 놓으시고
편히 쉬소서

오늘은 서른여섯 번째 스승의 날
그대의 진한 향기가 더욱 그립습니다

누리장나무꽃처럼

봄볕을 따스한 이불삼아
늦잠을 잤는가 보다
꽃피는 봄을 잊었나보다

이 한여름에 넉넉한 꽃내음이
코 끝을 간지럽힌다
가까이 다가서 노크하니
누리장나무란다

꽃이 귀한 때라
더욱 마음이 간다
인생사 조금 늦으면 어떠리
모든 것은 진가를 발휘할 때가
따로 있는 법
누리장나무꽃처럼

인고忍苦의 세월

아침 햇살 가득한 장독대에
귀를 종긋 세운다
올망졸망 항아리 속에는
여전히 콩이 죽어가는 소리가 들린다

콩은 그동안 얼마나 여러 번 죽었던가
가마솥에 삶아서 죽고
절구에 맞아서 죽고
메주로 자란 후에는
곰팡이에 찢겨서 죽고
소금물에 따끔거리며 죽고

또 지금은
무심한 세월
무단 침입한 바람
차단되지 않는 햇빛과
항아리 속에서 신음하고 있다

콩은 타고난 팔자가 사나운가 보다
하지만 운명의 탓으로 돌리지 않는다

이 모든 것이 스스로 자초한
인고의 세월이었다고
몇 번의 고비가 있었지만
결코 죽은 것이 아니라고 항변한다

이제 오랜 기다림 끝에
새 생명으로 다시 태어났다고
노랗고 담백한 된장으로 환생했다고
어서 주인장이 기다리는
진짓상으로 돌아가야 한다고

민들레

좁디 좁은 틈을 비집고
한 생명이 탄생한다
수분은 아래로 아래로
영양분은 위로 위로 뻗는다
그래도 웃자라지 못하고
받은 것만큼만
차곡차곡 몸속에 쌓아간다

이제 나도 한 숨을 돌린다
그 좁디 좁은 틈새에
물기가 마를까봐
얼마나 가슴 졸였던가

가만히 너를 바라보고 있노라면
"네 탓"이란 말이 무색하다
이 세상 어느 곳 어느 순간에도
생명은 피어나고 자란다

쉼표

작달비가 쏟아진다
꼼짝 못하고 집안에 갇힌다

뭘 할까 생각하다가
파전을 부치고 술상을 차려
막걸리 한 잔을 들이켜본다

올여름 쌓였던 피로와 걱정이
한 순간에 사그라진다

때로는 쉼표 하나,
마음속의 단비가 필요한가 보다

오늘도 작달비가 아니었으면
몸과 맘에 그 무거운 덩어리를 달고
온종일 헉헉거렸을 것이다

고향 생각

아직은 초저녁인데
벌써 하늘에는 성급한 별들이
탱글탱글한 포도알처럼 열려있다

별 · 별 · 별 · 별 · 별
바람 불면 쏟아질까봐
지나가는 구름이 덮어 버릴까봐
가슴이 두근거린다

아무도 없는 한여름 밤,
초롱초롱 잘 익어가는 별 무리를
누가 훔쳐 가면 어쩌나 두려워진다

첫 발을 내려놓은
가평 상천마을의 자화상이다

이곳에서 오랜만에 만난 북두칠성에는
여전히 진한 향수鄕愁가 가득하다

다랭이논

아버지는 다랭이논 다섯 마지기를 마련하느라
부산항 부둣가에서 꼬마노동자로 일했다
그렇게 시작된 노동은 평생의 업이 되었다
비록 산자락에 이어진 하찮은 계단논이었지만
땀의 크기만큼 황금알을 안겨주었다
벼 보리 고추 참깨를 번갈아 심어서
다섯 남매를 키웠다

아버지는 다랭이논을 막내아들이라 한다
아니, 아니, 아니야
내가 볼 땐 첫째 아들이다
그것은 그분의 생명의 분신이자
재산목록 1호이고 건강관리의 터전이다
그곳에 가면
몸이 아픈 것도 사라지고
우울했던 기분도 맑게 전환된다

아흔을 바라보는 지금도
그곳에 가면
여전히 힘이 솟아나고 행복감이 넘친다

아버지는 오늘도
한 칸 한 칸 오르락 내리락 하면서
농작물과 호흡한다

내게 인생목록 1호는 무엇일까?
쉽게 떠오르지 않는다
아버지처럼 평생을 애지중지하며 혼이 스며든
그 무엇 하나쯤은 만들어야 할 텐데…

페어플레이

마장동 축산물시장 횡단보도 앞
소갈비떼를 덩그러니 실은 오토바이들이
호흡을 가다듬고 있다
출발신호가 울리자
앞서거니 뒤서거니
요리조리 잘도 비껴가며
목적지를 향해 달린다

목장의 소떼가 축사를 빠져나가듯
질서정연하다
각자 생계가 달린 상황에서도
정교한 규칙이 있다
페어플레이였다
모두 승자가 된다

행복한 세상

밤새
눈이 내린 탓에
꼼짝 못하고
갇혀 지내고 있어요

그런데 이 눈,
일주일 내내
내렸으면 좋겠네요
그대 생각에 갇혀
행복한 세상
꿈꿀 수 있게.

족보

한때는 뼈대있는 집안의 상징물이자
정신적 지주였고
가지고 있는 것만으로도
위안이 되었던 그것, 족보

그렇게 소중했던 그것은 언제부터인가
일년에 딱 한 번,
설날에 들춰보며
촌수를 따지고
항렬行列을 알려주는
백과사전이 되었다
매년 듣고 보아도 늘 새롭기는 마찬가지다

그런데
내년 설에도 족보를 볼 수 있을까
아버지의 목소리도 기억도 예전 같지 않다
자손들도 별로 관심을 갖지 않는다
언젠가는 헌책으로 버려질까봐 두렵다

정유년 새해 원단

홀로 남겨진 족보와 아버지의 잔상은 동격이다
귀경길 내내
가난했던 시절
그것을 마련하느라고
무척이나 애쓰셨을 아버지의 모습이
자꾸 오버랩되어 쓸쓸하다

현대인에게 족보란 무엇일까?

피가 돌다

동맥경화증에 걸린 한반도
우선 괴사되지 않게
바짝 조여진 허리띠부터 좀 풀자

그리고 피를 통하게 하자
원래 한 핏줄이잖아

처방전은 인도주의 정신으로

사필귀정

북한산 산행길에 도토리 소유권 재판이 한창이다

등산객은 "무주물 선점, 소유권 취득"을 주장했다
거위벌레는 "잘 먹고 잘 살고 있던 삶의 터전을
외계인이 통째로 앗아 갔다"고 울먹인다
다람쥐는 "새싹이 돋아날 때부터 열매가 떨어질 때까지
계속 보살피며 키워왔는데 갑자기 도난당했다"고 신고했다

재판장인 국립공원공단이사장은 선고한다
"무주물 선점, 소유권 취득"은 기각한다고

가슴 졸이며 방청석에서 지켜보던
인수봉과 굴참나무는 박장대소한다
사필귀정事必歸正이라고…

여수예찬

영취산 진달래꽃에 취해
오르락 내리락하며 자박거린다
이제 막 불그스레하게 취기가 돌기 시작한
산자락은
잠시의 외도라도 허락하지 않는다

꽃길을 돌고 돌아 한숨 돌리니
바닷가엔
또 다른 하얀 꽃봉오리*들이 반긴다
그 흰 꽃봉오리 속에는
화학산업이라는 경제동맥이
펄떡 펄떡 뛰고 있다
증기기관차처럼 내뿜는
흰 꽃향기가 하늘을 찌른다

임해공업도시, 여수
산과 바다, 하늘 곳곳에
생명의 젖줄이 꿈틀거리고
희망의 꽃봉오리가 치솟는 소리 들린다

>
가지런히 깎아 놓은
연필심모양의 돌산대교 교탑橋塔은
오늘도
이곳의 희망얘기를 받아쓰고 있다

화창한 봄날,
한려수도 끝자락, 여수에 흠뻑 젖어본다

* 하얀 꽃봉오리 : 여수 임해지역의 원통형 화학공장.

목화

아들이 학교를 졸업할 때 쯤
어머니는 목화를 심었다
난 그때는 몰랐다
먹거리가 늘 부족한데
밭에는 왜 목화만 가득했는지를

난 서른 즈음에서야 알았다
그 목화가 결혼하는 아들의
솜이불로 태어난다는 것을
난방시설이 열악했던 그 시절
단잠을 바라는
어머니의 정성이 가득했다는 것도

난 올 겨울에서야 알았다
세상에서 가장 아름다운 꽃이 목화라는 것을
화려한 색깔도
달콤한 향기도 없지만
엄동설한, 어려운 이웃에게
희망으로 피어나는 꽃이라는 것도

\>

난 또 오늘에서야 알았다
나눔콘서트에 초대받은 당신이
목화를 닮았다는 것을

퇴근길을 재촉하며

입안을 닦으며
머릿속을 닦으며
마음속을 닦으며
다시 한 번 구석구석 닦으며

쳐다보지 않기로 했다
생각하지 않기로 했다
말을 하지 않기로 했다
행동하지 않기로 했다

온 육신에 바늘이 촘촘하다

때론 마당을 비우듯
비움의 미학이
공空의 철학이
상책이다

오늘이 그런 날이다
일찌감치
퇴근길을 재촉한다

괜 · 찮 · 아!

우리끼리는 괜찮아
반쯤 사라진 립스틱 자국에
민낯이라도

우리끼리는 괜찮아
커다란 양푼에
열무김치를 비비고 또 비벼도

우리끼리는 괜찮아
일찌감치 손주 본 친구가
분위기에 아랑곳하지 않고
기어코 귀염둥이 동영상을 돌려도

우리끼리는 괜찮아
강남대로 젊음의 거리를
아들 딸들 눈치 보지 않고
겁 없이 부끄럼 없이 활보해도

어느 동창회에서는
모든 게 용서된다

얼굴만 내밀면
괜 · 찮 · 아!

손을 펴면

손을 폈더니
봄바람이 손바닥에 달려와 붙고
나비가 친구하잔다

손을 폈더니
친구의 눈물을 닦아줄 수 있고
악수하게 되고 화해하게 된다

손을 폈더니
소유와 공격에 대한 집착이 사라지고
해와 달이 보인다

쥐었던 손을 펴면
모두가 내게로 온다

2부

산행을 하면서

오늘도 산행을 하면서 생각하고 다짐한다

주위를 잘 살피면서 조심해야지
힘들 땐 무리하지 않고 쉬어가야지
오르막이 있으면 내리막이 있다는 걸 기억해야지
정상에선 잠시 머물다가 내려와야지
비바람과 추위, 조난에 대비해야지
기상 상황에 맞는 옷을 입어야지
꽃과 새싹, 단풍을 가까이 해야지
때론 한 잔의 여유도 가져야지
자주 보는 풍경도 늘 새롭다는 것을 느껴야지
맥없이 뒹구는 낙엽도 챙겨봐야지
눈보라에 벌벌 떨고 있는 나뭇가지도 생각해야지
혼자 가지 말고 함께 가야지

산행길은 인생길이다

햇병아리

마음이 급한 출근길,
보도블록 틈새에
다소곳이 얼굴을 내민 새 생명을 본다
그냥 지나치지 못하고
앉아서 찬찬히 살펴본다

생명의 경외를 생각한다
물기 마를까봐 걱정한다
다음 세상에서는
좀 더 넉넉한 환경에서 태어나길 기도한다

안부가 궁금한 퇴근길,
한낮에는 봄햇살과 사이좋게 지냈는지
돌개바람에 몸은 상하지 않았는지
자동차 경적소리에 기죽지는 않았는지
한 생명을
보고 또 살펴보고 생각하고 또 생각한다

이 일은 평생의 업이 될 것 같다
나는 갓 태어난 햇병아리 시인이다

사랑의 전령사
― 이영건 박사님께

그대는
매일 善을 잉태하고
德을 행하는 사람입니다

그대는
한여름에는
한 줄기 시원한 바람이고
한겨울에는
따스한 털목도리입니다

그대가 있어서
봄에는 새싹으로
다시 태어날 수 있고
가을에는 작은 과실이나마
맺을 수 있어 행복합니다

그대는
365일 함께하는
사랑의 전령사입니다

엄마의 손

　겨울이 다가오면 엄마의 손은 애지중지하던 스웨터를 밤새 푼
다 그것만으로는 부족했을까 엄마의 손은 또 팔꿈치가 닳은 큰
아들 도쿠리*를 풀고 또 무릎이 구멍 난 내 털바지를 풀고 또 발
꿈치가 해진 동생 털양말을 푼다 엄동설한 건너방 윗목에는 털
실 꾸러미가 가득하여 포근했네 겨울밤이면 털실은 몇 번을 돌
고 돈다 형의 도쿠리가 동생의 바지로 내 바지가 형의 도쿠리로
동생의 도쿠리가 형과 나의 양말로 다시 태어난다 처음 단색이
던 도쿠리에는 줄무늬가 곁들여지고 양팔과 몸통은 서로 다른
색상으로 다시 태어나고 또 풀고 다시 짜고 하면서 엄마의 지혜
와 졸음이 한 올씩 보태지네 이제 여든다섯, 엄마의 손은 지금도
여전히 마이다스의 손이다

* 도쿠리(とくり[徳利]) : 턱밑까지 올라와 목을 감싸는 스웨터.

라일락 향에 취한 밤

요즘 K대 중앙광장에는 천수만 가창오리 떼가 군무群舞를 시작 하듯이 라일락 향이 비상하고 있다

향에 취한 학생들은 잔디밭에 벌렁 드러누워 허공을 응시하고 또 물이 오른 학생들은 벤치에 앉아 다정하게 붉은 입술을 포개며 봄의 향연에 뜨겁게 몸짓하고 있다

밤이 깊어갈수록 연인들의 취기는 솟아오르고 잔디도 덩달아 소복소복 치솟아 오르고 라일락 향은 코끝을 입술을 머릿속을 가슴속을 새콤달콤하게 마비시키고 있다

몽롱한 취기속에서도 자유 정의 진리는 빛나고 CAMPUS POLICE는 질서유지 흉내만 내고 있을 뿐 그들도 함께 취해 온몸이 뜨겁다

당분간 이곳의 교주校主는 라일락꽃이 될 것 같다
라일락 향이 또 군무群舞를 시작한다

부부의 날

30년 전, 친구 부부는
연리지예식홀에서 혼례를 올렸다

지금 그 가정을 보면
어느 것을 잣대로 들이대어도
연리지가 되었음에 틀림없다

괴산 산막이옛길 연리지는
자신을 백 번 찾아오면
사랑을 이룰 수 있다고 하였는데…

오늘은 둘이 하나 된다는
5월 21일 부부의 날
연리지의 원천을 새삼 되새겨본다

봄 소풍

남산 둘레길을 걷다가
내 기억속에 멈춰진 시계를 바라보네

20여 년 전 어느 봄날
사무실을 뛰쳐나와 달려간 그곳엔
스무 명 남짓한 찌든 영혼들이 있었네

벚꽃과 웃음꽃이 함께 만개하던 곳
맥주 한 캔에 언어유희와 인생철학이
함께 흩날리던 곳

지금 그곳에는
일렁이는 봄바람에 꽃비가 내리고
그때 그 시절의 상념은
싸리나무 가지에 우두커니 걸려있고
울컥거리는 그리움은
한 가닥씩 새싹으로 돋아나네

이제 서쪽 하늘을 걷고 있는
목멱골 동지여!

올 봄엔 또 그곳에서

제비꽃처럼 작열하던

보랏빛 열정을 다시 토해내세

엄마 생각

봄비가 촉촉이 내리는 어느 날 저녁
베란다에는 철 지난 시래기가
주인을 잃은 채 방황하고 있다

한 평생을
배추 겉잎으로 살다가
야속한 세월 앞에
오도카니 서있는 엄마를 생각한다

다시 신림동에서

젊음이 옥죄이는 곳
인성이 수난당하는 곳
내 편의대로만 움직이는 곳
"그때까지 유보"라는 이름으로 모든 게 정당화되는 곳
30년 전과 별로 달라진 게 없는 곳

5평 남짓한 공간에서
책상 옷장 침대 세탁기 냉장고 전기스토브
그리고 고시 지망생이
컨베이어시스템에 따라 움직인다

신림동 251번지 일대는 거대한 고시공장지대다
고시기계와 고시기술자에 의해
"합격"이란 제품을 쏟아내고 있다

오직 관심은 하우 패스?
온갖 군상들이 청운의 꿈을 안고
관악산 정기가 내게로 오기만을 고대하며

이곳에선

아무도 손을 펴지 않는다
모두가 손을 꼭 움켜쥐고 있다
젊음의 영혼은 그렇게 사육되고 있다

비가 축축이 내리면

1

오늘처럼 비가 축축이 내리면
엄마는 비옷을 걸치고 바구니를 들고 삼막골 밭으로 간다
빗속에 곤히 잠들어 있는 쪽파를 흔들어 깨운다
평소 금쪽같이 아끼던 쪽파를 솎아내기란 미명아래
호적을 파오듯이 캐서 집으로 온다

2

엄마가 쪽파전을 부치기 시작하자 구수한 냄새가
초가삼간 구석구석에 안개처럼 달라붙는다
그쯤 되면 나는 거의 본능적으로 벌떡 일어나
막걸리 주전자를 챙긴다
아직은 주전자를 제대로 들기에는 이른 나이지만
때론 한 손으로 때론 두 손으로 주전자와 씨름하지만
아까운 술을 흘리는 일은 없었다

3

술상이 차려지면
난 옆집 아저씨를 불러와야 하는데
그 집 사나운 개 때문에 번번이 애를 먹었다

술상이 파하면
낮잠을 주무시는 아버지의 코고는 소리를 들으며
나의 하루 일과가 끝나가던 유년의 그날이었다

4
오늘도 그날처럼 비가 내리고 눅눅한데
이제 쪽파도 안개도 술상도 옆집 아저씨도 그 사납던 개도
각자의 길을 떠나버렸다
공허하게 남겨진 부부는 신축한 큰 집 2층에서
서로 노구를 부축하며 대문만 뚫어지게 바라보고 있다
비는 여전히 내리는데
쪽파전은 내 가슴속에서만 노르스름하게 익어가고 있다

어버이 날 단상

어미꽃이 시들고 있습니다
새끼들은 그저 애타게 지켜보고만 있습니다
어미는 그 아름답던 향기를
자신을 위해서는 한 번도 쓴 적이 없습니다
한 땀 한 땀 쌓아올린 영양분도
새끼들에게 다 내주었습니다

오늘은 마지막 남은 혼마저
새끼들에게 나누어 주려고 합니다
사양하는 새끼와 어서 가져가라는 어미 사이를
하염없이 맴돌고 있습니다

이제 곧 동백꽃처럼 뚝 떨어질 텐데
아직 그때를 숨기고 있습니다

봄꽃이 지면

꽃이 지고 나니 낯설다
목련 잎도
철쭉 가지도
진달래나무도

미안하다
그동안 꽃만 보고 살아왔구나
편협된 마음을 바로 잡으며
지나온 삶을 되돌아본다

서녘하늘 바라보며

당신이 보고 싶을 땐 양산梁山에 올랐습니다
당신이 생각날 땐 감천甘川을 따라 걸었습니다
지난 반세기 동안 당신은 내게
기품있게 우뚝 솟은 산이었고
가뭄에도 도도히 흐르는 강이었습니다

이제 당신은 내가 갈 수 없는 곳으로
머나먼 여정의 길을 떠나려고 합니다
난 그저 안타깝게 바라만 보고 있습니다

오늘따라
그 산이 더 우거지고 더 높아 보입니다
그 강이 더 넓고 더 깊어 보입니다

부디.

장미꽃 한 송이

나는 보았네

      떠나가는 봄날

고향집 담장 아래 꽃밭에서

      뜨거운 몸짓으로

작열하는

      그 정열을.

어떤 청춘

한때,
청춘은 활화산이었다
문학을 논하고 인생을 말하며
민주화의 횃불을 들었고
불평등에 분노했고
구조적 모순을 울부짖었다

어느 순간,
청춘은 잘 조련된 조랑말이었다
문학보다는 내 집 마련에
사회적 가치보다는 자녀 교육에
노동운동가보다는 성실한 직장인으로
제도권에서 맴돌고 있었다

지금,
청춘은 용암덩어리이다
그 열정을 제대로 분출하지도 못한 채
굳어 버린 채
고집만 피우고 있다

>

혹여,

아직 남은 게 있다면

그 반만이라도

제2의 청춘에게 넘겨야겠다

엄마와 참기름

엄마는 틈틈이 빈 소주 병을 모은다
또 오 남매가 모이는 때에 맞춰
십 리 길을 걸어
읍내에서 참기름을 짠다
툇마루 구석에 참기름 병이 줄을 서면
자식들의 모임을 동네에 알리는 날이기도 했다

고소한 남새가 온 집안을 휘저을 때쯤이면
큰 양푼에 비빔밥이 가득했다
참기름 한 숟갈이 짜르르 흐르면서
밥알에 윤기가 반짝이면서
입안엔 군침이 돌았다
엄마의 숨결과 정성이 함께 버무려지고
또 참기름이 자식들 혈관 속으로
녹여드는 것을 바라보며
엄마는 세상을 다 얻은 듯했다

요즘 부쩍 많이 주무시는 엄마
꿈속에서도
참깨를 떨고

빈 소주 병을 모으고
읍내에서 참기름을 짠다

오 남매와 그 손주까지
참기름처럼
고소하게 맛나게
잘 살아가기를 기도하면서

엄마의 은행

엄마의 은행은
대출조건이 없다

또 상환 받지 않고
추가 대출을 한다

엄마의 은행은
평생 대출만 한다

혼이 다할 때까지

셔츠의 인생 2막

농막 창고에 낯익은 셔츠가 걸려있다
얼마 전까지만 해도
아내가 반듯하게 줄잡아주던 그 셔츠다

월급쟁이만 하던 셔츠가
이제 농부가 다 된 듯하다
칼날 같던 다림질선이 사라지고
겹겹이 굴곡진 주름이 잡히기까지
셔츠는 얼마나 많이
팔뚝 관절이 쑤셨는지
등골이 시렸던지
벽에 기대어 쉬면서도
오금을 펴지 못하고 있다

오랜만에 재회한 셔츠는
어딘가에 모든 걸 다 걸고 있는 듯
맘을 아주 단단히 먹은 듯
제 살 헐어가며 다부지게
자신만의 길을 뚜벅뚜벅 걷고 있었다

인생 2막을 찾아서

길잡이
— 송재곤 은사님을 기리며 2

청춘은 아팠다
아주 많이
심장 깊은 곳까지 파고들며

청춘은 출렁거렸다
너무나 세게
걷잡을 수 없는 파도처럼

조금의 약진
바로 이어지는 유턴
반복되는 흔들림 사이에서
깃발을 든 분이 보였다

그날 이후
그분은 내 생에 나침판이 되었다

이정표 없는 거리
갈 길 잃은 청춘
은사가 부재한 요즈음

그분의 담백한 혜안이 더욱 그립다

손맛

언제나
따스했다
촉촉했다
정갈했다

때론
깊었다
푸근했다
구수했다

늘
한결같은
그 맛
엄마의 손맛

인도주의

총구에서 피어나는
들꽃 한 송이

인류애를 향한
끝없는 도전

지구촌 누군가의
도덕적 의무

3부

자아 교정

올여름 유난히 가뭄이 심했던 삶 속에서도
넌 자기조절을 잘했구나
옥수수 알이 잣씨처럼 가지런하다
내 어긋난 치아와는 사뭇 다르다

난 거친 인생사를 여과 없이 다 드러내고 있는데
난 내 멋대로 튀는 소인배인데
넌 자제력 있는 성인군자로구나

너를
한 알 한 알 빼면서
또 꼭꼭 씹어 삼키면서
내 울퉁불퉁한 치아를 교정한다
내 비뚤비뚤한 자아를 바로 잡는다

선풍기를 닦으며

여름 내내 힘찬 날갯짓을
멈추지 않았던 너

너무 돌고 돌아서
날갯죽지에 골병이 들었겠지
정신이 혼미하겠지
목도 마르겠지

오늘부터
깊은 동면에 빠지거라
몸에 지방을 단백질을 비타민을
듬뿍 축적하거라

너의 등을 팔을 날개를
싹싹 밀고 닦으며
너의 관절 마디마디를
톡톡 두드린다

때늦은 위로에 괜히 내 마음만 아프구나

가사대리권

말은 태어나면 제주도에 가야 해
사람은 서울로 가야지
어릴 적 시골마을 어르신이 늘 하던 말씀이다

그 주인공이 되어
서울로 향하는 아들에게
아버지는 전세방을 마련해주었다
간이 옷장 하나에
동생과 둘이 누우면
한 치의 오차도 없이 딱 맞는 방 한 칸

전세금은 마른 고추 한 근, 참깨 한 되와
엄마의 땀방울 한 말이 쌓이고 쌓여서 마련된 돈
난생 처음 내 명의로 쓴 계약서 한 장
눈 감으면 코 베어 간다는 서울 인심

그런데 어쩌나
전입신고하면서 알게 되었다
집주인이 아닌 그 아내와 계약한 사실을
하늘이 노랗게 변한다는 것이 이런 것인가

>

서둘러 변호사인 교수님을 찾아갔는데
그 계약은 부부간에 가사대리가 인정되어 괜찮단다
쓰라린 가슴 내리며 되돌아오던 그 언덕길
그날 서울의 모든 이정표에는
"가사대리"만 붙어 있었다

촌뜨기의 호된 서울 생활 신고식은
그렇게 그것으로

사랑의 자물쇠

긴 가지 하나 짧은 가지 하나
굵은 가지 하나 가는 가지 하나
곧은 가지 하나 굽은 가지 하나

까치가 집을 짓듯이
한 칸 한 칸 포개지는
수 만개의 자물쇠 행렬
뭉게구름처럼 걸려있는 언약의 뿌리들

지금 이 순간에도
남산 꼭대기에는
청춘들의 보금자리 짓기가 계속되고 있다
진도 7.0에도 무너지지 않을
영원한 사랑을 맹세하며

가을 나비

늦가을 제법 쌀쌀한 날
아차산 정상에서 만난 나비
하산 길 내내 동행하네

난 그의 월동 준비를 걱정하는데
그는 내 하산 길이 걱정되는지
앞서거니 뒤서거니 가이드를 하네

늦가을 쓸쓸한 산행길
그가 길동무가 되어 반가웠네

은퇴의 길목에서
하산의 길목에서
이런 친구 하나 갖고 싶네

구로동

찹쌀 떠~억(떡), 메밀 무~욱(묵) 소리에 밤참이 생각나던 곳

40년 만에 다시 찾은 구로동은 복잡한 상념에 젖어 있는 듯하다

사우디 건설노동자로 다녀온 옆집 아저씨의 딸러 까먹는 소리가
문틈으로 새어 나오던 곳
하늘은 늘 뿌옇게 흐려있고 매캐한 냄새가 코털에 내려앉던 곳
늦은 밤 미세한 슬픔이 자욱한 안개처럼 밀려들던 곳
두꺼워지던 안경 유리알만큼이나 고민이 깊어만 가던 곳

한편으론
우중충한 하늘에 움이 돋아날 것만 같은
언젠가 꼭 싹이 트고야 말 것 같은 그런 곳
된장국 끓이는 냄새가 설렁탕 진국처럼 몰려오던 곳
골목길 울퉁불퉁한 보도블록에 정감이 스멀스멀 스며들던 곳

난 오늘도 추억과 현실의 경계에서 구로동을 서성거린다

아버지의 손

어린 시절 아들이 본 아버지의 손은 톱날 같았다
저녁식사를 마치면 호롱불 아래에서
부르튼 손 마디마디마다
안티푸라민을 가득 채우던 아버지의 모습이 선하다

주민등록증을 갱신할 즈음이면 아버지는
엄마가 그토록 아끼던 동동구리무를 잔뜩 바르고
장갑을 끼고 불편해하며
손가락을 금이야 옥이야 다루며 지문을 양생했다

그것만으로는 부족했을까
볏 잎에 고구마 줄기에 콩깍지에
남겨진 지문을 찾아오느라 애쓰셨다
땀 속에 빗물 속에 근심 속에
녹아버린 지문을 건져오느라 몸살을 앓으셨다

난 어린 마음에 소망했다
아버지의 굴곡진 삶도 지문과 함께 닳아 사라지기를

두 세대가 지나가면서

이제 그 소망이 이루어지고 있다
설 쇠고 돌아오는 길에
악수를 나누는 아버지의 손이 참 곱다
또 주민등록증 한 번 바꿔야겠다는 아들의 말에
그저 미소만 지으신다

생의 길목에서

대나무처럼 곧되
눈이 쌓이면 휘어질 줄 아는 지혜

소나무처럼 푸르되
끊임없이 솔가리*를 만드는 혜안

또 한 해가 저무는 길목에서
대나무처럼 살라 하네
소나무처럼 살라 하네

* 솔가리 : 말라서 땅에 떨어져 쌓인 솔잎.

숙성의 시간

그해 초겨울
그대는 짐을 챙겨 훌쩍 떠났다
아직 남겨진 일이 있다면서
그 일이 해결되면 돌아오겠다면서

그후 첫 눈은 내렸고
하루가 다르게 대지는 꽁꽁 얼어붙었다
내 생각의 덩어리도 눈보라에 흩날리며
얼다가 풀리다가 금가다가
결국은 화석이 되어가고 있다

아침햇살 가득한 어느 날
베란다에 앉아 도라지청을 담그고 있다
그대의 애잔한 잔영만큼
도라지를 자르고 설탕을 버무려
병에 담아 밀봉했다

이제 이따금 지켜보기로 했다
그대의 실타래가 한 올씩 풀릴 때마다
내 생각의 덩어리도

도라지와 함께 한 땀씩 발효될 것이다

지금 우리에겐
숙성의 시간이 필요해 보인다

몽돌해변을 거닐며

그 칼날을 다 받아내면서
바위는 알을 낳았으리

그 정열을 다 품으면서
구운 계란이 되었으리

그 지평선을 돌돌 말으면서
그리움의 옹이가 되었으리

그 번뇌를 다 삭이고 태우면서
까만 사리가 되었으리

그 유리 파편을 다 삼키면서
매끈한 호두를 낳았으리

아버지의 간병인

동생들한테 연락하지 마라
감기 기운이 있어 잠시 왔다
나 내일이나 모레쯤 퇴원한다
내 걱정 말고 이제 니들*이 건강해야 한다

이게
거친 숨소리와 함께
가래 낀 목구멍에서 쏟아내는
아버지의 입원 소식이다

아마 그때
병실 침대 머리맡에는
금장 손목시계가 간병을 하고 있었을 것이다

내가 직장에서 부상副賞으로 받은
회사 로고가 새겨진
그 시계

꽤나 오래되었지만 아버지처럼
시계 병원을 들락거리며

지금도 꿋꿋하게 제 몫을 다하고 있는
그 시계

그나마
자식들의 공백을 지키는
또 다른 효자가 있어 다행이라면 다행이다

* 니들 : '너희들'의 경상북도 사투리.

무논

무논은 오늘도 타이른다
길 떠나는 개구리에게
올챙이 시절을 잊지 말라고

무논이 아니었다면
올챙이도 개구리도 없다
그런데 무논은
자신을 기억해달라고 애원하지 않는다
엄마가 먼 길 떠나는 아들을 챙기듯
오직 갓 태어난 개구리의 앞길을 걱정한다

무논은 넉넉하게 품어준다
세월이 흘러 자신을 배반한 개구리가
말없이 다시 돌아와도
모든 것을 용서하고

고향같이
어머니처럼

꽃다방

김천역 앞 건물 2층엔 꽃다방이 있었지
학창시절 친구들과 가끔 들락거렸지
그때 왜 그랬는지는 모르지
그냥 열차시간 남을 때 호기심 때문에 갔겠지
주로 다방 계단에 앉아 있었지
그땐 엘리베이터가 없고 유일한 통로가 좁은 계단이었지
그 계단에 죽치고 있었지
올라오던 손님들은 우리들보고 다 돌아갔지
가끔은 다방 레지*가 영업방해 한다고 신고하면
순경이 권총차고 왔었지
파출소로 연행되지만 바로 훈방되었지
순경도 이골이 나고 레지도 이골이 났던지
어느 때부터는 신고도 안 했지 순경도 안 왔지
그즈음 레지가
"꼬맹이들 올라와서 쌍화차 한 잔 마시고 사라지거라" 하면
우린 못 이긴 척 올라가 푹신한 다방 의자에 앉으면
온 세상이 다 내 것인 듯 했지

한동안 뜸하다가
디제이*가 바뀌거나 레지가 새로 왔다는 소문이 돌면

또 찾아 갔었지
레지의 이글거리는 입술과 터질듯 한 가슴, 착 달라붙은 스커
트는
고단한 열차 통학길에 가십거리가 되었지

다방 출근 3년, 열차 통학 3년에
우린 완벽한 실업자가 되었지
교복을 벗어버리곤 그곳도 못갔지 창피해서
군대 갔다가 휴가 나와서 군복입고 다시 찾아 갔었지
그때 처음으로 내 돈 내고 커피 마셨지
우리들에게 꽃다방은 맨 정신으로는 못가고
제복입고 가는 곳이라는 걸 또 한 번 깨달았지

꽃다방은 우리에겐 성인으로 가는 길목이었지
거긴 작은 패거리 문화와 곤조*
그리고 세상을 바라보는 눈이 공존했었지
그 저변엔 풋내기들에 대한
우리사회의 용인되는 배려와 정감도 함께 깔려 있었지

그래서일까?

모처럼 서울 한복판 별다방에 앉아보니

40년전 소도시의 꽃다방 생각만 밀려오네

오늘 하루

원두에서 내려오는 은은한 커피 향은 어디가고

계란 노른자가 동동 떠다니던 그때 그 쌍화차만 아른거리네

* 다방 레지reji : 다방 즉 지금의 카페와 비슷한 찻집에서 주문을 받고 주문 받은 커피나
  차를 날아다 주는 여종업원.
* 디제이DJ :'디스크 자키disk jockey'를 줄인 말. 다방에서 음악을 틀어주는 사람.
* 곤조 : '근성根性'의 비표준어. 고집이 세고 고약한 성질을 부리는 버릇이나 태도.

감천 섶다리

잔잔한 물결위에 호젓했던
멀리서 보면 전깃줄 같던
홍수가 나면 홀연히 사라졌던 그 다리

러시아의 상트페테르부르크가 유럽으로 열린 창이 되었듯이
나를 문명세계로 인도했던 그 다리
감천 섶다리

섶다리를 건너면
종합병원 같은 약방이 있었지
그곳 처방약은 만병을 고쳤지

섶다리를 건너면
백화점 같은 오일장이 열렸지
그곳 대장간 석유상회 농약방엔 사람들이 진을 치고 있었지

섶다리를 건너면
새로운 문명이 시작되었지
그곳엔 전깃불이 들어오고 자동차가 달리고 서울로 가는 길
이 열렸지

\>

난 스물 세 살이 되어서야 그 다리를 건너 서울로 올라왔지
좁고 초라했지만 희망을 안겨준
내겐 경부고속도로보다 소중했던 그 다리

때론 먼 인생항로에서
단절의 상징이자 극복의 대상인 어느 곳에
꼭 있어야만 할 것 같기도 한 그 다리

조합장 감투

초등학교 졸업이 최종 학력인 친구 아버지가
비리로 구속된 농협 조합장의 후임으로
조합장 직무대행을 몇 달 한 적이 있다

친구 아버지는 난생처음으로 결재란에
본인을 상징하는 '鍾' 또는 'KIM'을 서명했다고 한다
영어 알파벳과 몇 개의 단어, 일상생활 한자 정도가
배움의 전부인 친구 아버지가
관직 아닌 관직을 맡게 되었던 것이다
그 아버지는 조합장실에도 못 들어가고
그 앞에 책상 하나 놓고
직무대행 꼬리표를 달고 아주 짧게 근무했다

그럼에도 불구하고 친구네 집은
어느새 '조합장 댁'으로 불리게 되었고
또 친구가 면사무소나 경찰지서警察支署, 우체국, 역전상회에
가면
그는 조합장의 셋째 아들이 되어 있었다
단숨에 조합장 직무대행인 그 아버지에 이어
그 아들까지도 지역 유지有志 반열에 올려진 것이다

\>

한 세대가 바뀐 지금도 연로하신 어르신들은
친구 아버지를 조합장이라고 부른다
처음이자 평생 관직이 되어버린 조합장 직무대행
이참에 족보에라도 올려야 하지 않을까

요즘 전국동시조합장선거가 한창 무르익어가고 있다
지금도 오직 변함없는 진리가 있다면
조합장은 지역 유지다
조합장 직무대행도 그 아들도 지역 유지다

너를 기다린다는 것은

너를 기다린다는 것은
겨울나는 무처럼 컴컴한 무구덩이 속에서
묵묵히 가부좌하고 있는 것이지
언제 간택될지 몰라도
기다란 칼끝이 쿡 찌르면
참선을 끝내고 속세로 복귀해야 하는 것이지
무탈하게 해탈의 경지에 이르면
싹둑 잘라진 머리에서 노란 뿔이 솟지
어차피 버림받을 운명이지만
따스한 세상이 다가오고 있다는 신호탄을 쏘는 것이지

너를 기다린다는 것은
겨우내 컴컴한 무구덩이 속에서
아무짝에도 쓸모없는 싹 하나 키우는 것이지
툭 자르면 버려지고 마는 것을
결국 가슴속에 옹이 하나만 더 남기는 것이지

너를 기다리고 또 기다리다가
마음의 병이 깊어질 땐
무 머리를 또 싹둑 잘라서

접시 물에 채워두고 살펴보지만
얼마 후 자결해 버리고 말지
결국은
또 사라지고 옹이만 더 깊어지는 것이지
너를 기다린다는 것은.

우리 집 냉장고

코를 드렁드렁 골고 있는가 싶더니
짙은 가래를 내뱉다가
그러다가 갑자기 무호흡에 돌입하면
괜히 겁이 덜컹 난다

아무래도 한밤중에 저승길을 쫓고 있는 것 같아
족보를 살펴본다
출생지는 삼성전자
출생연도는 1995년, 올해 24살이다
평균 수명을 훨씬 더 살았다
노회한 몸이다

밤마다 신경 쓰이는 이 노인네를
고려장 할 수도 없고
안락사 시킬 수도 없다
함께 살아온 정 때문에

몇 번 이사를 해도 제 발로 찾아왔으니
이제 그가 목숨이 다하는 날까지 함께 하기로 했다
그의 깊은 속내를
우리 가족만큼 알아주는 사람도 없으니.

남산 비둘기

남산 팔각정 벤치에 앉으면
천천히 걸어와서
빌려 간 돈 내놓으라는 듯이
빤히 쳐다보는 이가 있다

저 멀리 가라고 손짓해도
만사가 귀찮다는 듯
무시하고 눈을 흘기며
빨리 달라고 안달이다

오늘도 관광객이 던져주는
과자 부스러기에 안주하며
뒤뚱거리다가 숨이 찼던지
마약에 취한 듯
졸면서 물똥을 싸고 있다

평화의 상징이었던 그가
어쩌다가 저리 괴물이 되었을까
다시 올리브 잎사귀를 물고
평양까지 날아가야 할 텐데

\>

　야성이여, 속히 비상하라
　긴 나뭇가지 안고
　창공으로 벅차오르는
　까치처럼

봄밭갈이를 하다

텃밭이라고 하기엔 너무 넓다
흙은 차지다
농기구는 괭이 삽 호미가 전부다
일꾼은 왕초보다
밭을 밟는 날은 주말에 가끔이다

한 번도 제대로 대접받지 못한 밭이랑은
화가 잔뜩 났는지
화병이 도져서 옹이가 되었는지
돌덩이처럼 단단하다

주위엔 봄의 숨결이 찰랑거리는데
주인을 잘못 만난 탓에
지금도 속이 꽝꽝 얼어있다

백배사죄하며
삽으로 몸뚱어리를 뒤집고
괭이로 토닥거리기를 한나절

이제 화가 좀 풀리는 듯

겨우내 칼날이 선 비늘은
연초록 바람에 마지못해 몸을 눕힌다
밭고랑에는 다시 피가 흐르고
밭이랑에는 젖줄이 꿈틀거리기 시작한다

뻣뻣하던 내 가슴도
바위 같던 밭두둑도
봄의 숨소리에 빨려 드는 4월의 첫 주말
삽질과 괭이질을 해댄다
어설픈 봄밭갈이에도
촉촉한 속살을 드러내는 민망한 하루
오늘이 청명이란다

기부 계단

강남구청역 '건강기부계단'

하얀 건반이
한 번 튕길 때마다
사랑의 멜로디 울려 퍼지고
희망의 성금 쌓여가네

검은 건반이
한 번 튕길 때마다
마음의 등짐 내려지고
무릎 관절 울음소리 멈추네

발길 따라 번져가는
온정의 바이러스
건강의 청신호탄

부부

서로 부대끼며
또 찾게 되고

다른 듯하면서도
같은 방향으로 가고 있는

우린
부부

4부

꽃으로 잎으로

남의 눈에 꽃으로 잎으로 보여라
매년 새해 아침 어머니의 덕담이다
할머니가 돌아가신 후
처음으로 세배 받으며 하신 말씀인데
지금까지 한 번도 바뀐 적이 없다

물어본 적은 없지만
아마 꽃은 잠깐이니
꽃 지면 잎으로라도 돋보이라는
자식사랑 메시지인 듯하다

뒤돌아보면 난 한 순간이라도
이 세상에 꽃이었던 적이 있었던가
남의 눈에 잎으로 보인 적이 있었던가
어머니의 순박한 소망을 들어준 적이 있었던가
여전히 물음표는 현재 진행형이다

요즈음 가끔씩
적색과 청색 신호가
무작위로 깜박거리는 횡단보도 앞에

우두커니 서 계신 어머니
내년에도 한결같은 말씀 기대할게요

뒤돌아보면

뒤돌아보면
가진 것 없고
배경 없어
큰 숲 못 이루고
단출한 한 그루 나무였던 나의 삶
그리하여 오히려
거리낌 없이 걸어온 인생살이

잠시 숲 근처를 맴돌아도 봤지만
복잡한 메카니즘에 종속되는 게
개운치 않아
내 결대로 밟아 온 삶의 여정

뒤돌아보면
그리하여 오히려
같은 결들이 이어져서
아담한 숲이 되었네

이상한 아파트

어느 아파트 단지 110동은 족보에도 없는 사생아다
이복형제들은 여럿 있지만 모두 의도적으로 피한다
심지어 도착지를 찾지 못한 택배 물건이
아파트 단지를 떠돌아 다녀도 내 일이 아니다

110동은 이정표에도 없는 건물이다
이쪽 햇살은 저쪽을 비추지 못한다
저쪽 라일락 향기는 이쪽으로 넘어오지 못한다
하늘의 그물엔 단단한 장벽이 있다
그 옹벽의 중심엔 아파트 가격이 버티고 있다

가장 가까운 곳이 제일 멀리 있다
109동 바로 옆 110동
바로 가지 못하고 한참 돌아서 가야하는데
갈 일도 없다 가는 사람도 없다
아파트 가격보다 더 높게 치솟은 것은 마음의 격벽이다

생각할수록 소름이 돋는
이상한 나라의 이상한 아파트

나의 죄

조직에서 나의 죄는

조금 어렵게 말하면
규정의 포로가 되는 것

쉽게 풀이하면
복지부동하는 것

좀 더 솔직하게 고백하면
못 본 체 하는 것
침묵하는 것

이제, 덤으로

쉰여덟, 정년 2년 전이다
임금피크재嶺를 넘고 있다

나, 이제
물기 하나 없는 삭정이 인생
딱 부러져서
불쏘시개로 활활 타는 일만 남았는데

나, 이제
엽록소가 여행을 떠나고 있네
옹고집에 또 삭정이 하나 더 잉태하네

나, 이제 덤으로
조직을 위해 할 수 있는
마지막 임무를 찾고 있네

맏이
― 1970년대 양산마을 김씨 가문

주변에서 알아주지 않아도
묵묵히 일을 찾아서 한다
책임감만큼이나 입이 무겁고
동생들 뒷바라지를 천직으로 생각한다
동생의 성공이 곧 나의 성공이고
가문의 영광이 된다고 굳게 믿고 있다

자신은 야생화를 자처하지만
동생들은 온실 속 화초가 되기를 소망한다

오남매의 맏이는 그림자도 무겁다

맥문동

도가니 속에 포위된 명동 빌딩 숲

그 숲속에서

보랏빛 열정이 꼿꼿하게 샘솟는

너는 누구냐

이 염천에

신신당부
— 김천역에서

"내 말이 틀려?"
"다 잘 먹고 잘 살자고 공부하는 것이다"
어느 교육기업 광고 카피다

"영수 니, 이거 꼭 봐레이"
"모르는 거 있걸랑 꼭 찾아오고"
"우리 딸 아이가 한일여고 물상 선생인데"
"이 정도는 봐 줄 수 있을 꺼야"
"우리 아들은 중3때 이미 이 책 다 끝냈데이"

고3때 담임 선생님이 성문기본영어
책과 카세트 테이프를 건네주시면서 하신 말씀이다

내가 뒤돌아서는데 또 한 말씀 더 하신다
"부지런히 봐여"
못 믿어우신 듯 또 두어마디 더 보태신다
"응?" "알았제?"

지은 죄가 있어 고개 숙이고
한 발 내딛는데 내 어깨를 또 툭툭 치신다

\>

서울서 대학 합격자 발표 보고 김천역에 내리니
내 손목 꼬옥 잡고 역전반점으로 데리고 갔다
군만두에 빼갈 한 잔 나누며 뜨거운 가슴 맞댔다

오늘은 은사님 못 뵙고 발길 돌린다
그날처럼 뜨겁게 차 한 잔 나누고 싶었는데
쾌유를 빌며 서울행 KTX에 아름다운 추억을 싣는다

맞다!
그땐 다 잘 먹고 잘 살자고 공부했다

명판결

내, 잘은 모르지만
판검사는 들어봤어도
검판사는 못들어봤다
오마, 판사로 가거라

사법연수원을 수료하는
막내아들 진로를 놓고
부자간에 상의하던 중
촌부의 마지막 말씀이다

20년 뒤
막내아들은 고위 법관이 되었다

아버지는 그때 결정을
명판결이라고 부른다

현직 고위 법관도 인정하는
명판결이다

난수표

아버지는 월사금*을 내지 못해
초등학교를
3번 휴학
3번 전학
3번 월반*
3년 재학하여
동기생들보다 3년 늦은
15살에 졸업했다

난 할머니로부터 이 비밀을 들었다
그후 내게
3·5·15는 인생의 난수표가 되었다
(공교롭게도 3×5=15)

* 월사금月謝金 : 다달이 내던 수업료.
* 월반越班 : 성적이 뛰어난 학생이 상급 학년으로 건너뛰어 진급.

현대판 족보

이 한 권의 시집이 우리 가문 족보였으면 좋겠네

잘 알지도 모르는 한자
이해하기 어려운 가계도
현실과 동떨어진 호칭
시대를 빗겨간 디자인

후손들만 탓할게 아니네

살아온 소소한 일상의 기록이 가보家寶가 되는 세상
내가 꿈꾸는 현대판 족보

조상님들은 동의 하시려나

이런 집

세상에서 가장 따뜻한 집

생명이 피어나는 집

사랑이 가득한 집

희망이 샘솟는 집

4형제가 넉넉한 정을 나누는 집
O A B AB, ABO Friends*

곧 유네스코 세계문화유산에 오를 집

적십자 헌혈의 집

* ABO Friends : ABO식 혈액형과 친구라는 뜻을 결합.

삶

출근길엔
"할 수 있을까?"

퇴근길엔
"해냈다!"

30년 동안
아침저녁
스스로 묻고 느꼈던
직장생활

이제
마침표를 찍는다.

삶이란
물음표와 느낌표
그리고 마침표의
연속이 아닐까?

횡단보도

아무리 바빠도
잠시 쉬어가야 하는 곳
반드시 규칙을 지켜야 하는 곳
주변을 돌아보면서
남은 그림을 잘 그려야 하는 곳

중년처럼

별종

모처럼 광화문에서
친구랑 커피 한 잔 나누고 있다
어떻게 하다 보니
이 친구 공학박사 학위 취득 축하 자리가 되었다

또 어떻게 하다 보니
이 친구 형님과도 합석하게 되었는데
명함을 주고받던 그 형님
눈이 동그랗게 태극 문양처럼 펄럭이더니
억센 부산 말투로
"참말로 농고 나왔어요"한다
둘 다 농고 나왔는데
동생이 공학박사인거는 놀랍지 않고
내 직함에 의아해 하는 듯하다

암튼 마무리는 친구나 나나 별종이란다
하기야 쟁기질하던 촌놈이
서울 한복판에서
매판자본의 커피 잔을 만지작거리고 있다니
별종은 별종인 셈이다

굽은 등

다랭이논을 불도저로 확 밀어버리고
지금은 옥토로 탈바꿈한
우릉골 다섯 마지기 논
그 앞에 오랜만에 서있다

야트막한 산 아래
초원처럼 고요하고 평탄한 논바닥에서
굽은 등 두 개가 솟아오른다
올망졸망한 계단식 논 아홉 개도 떠오른다

저 등줄기에 송골송골 맺힌
굵은 땀방울 먹고 자란
보리와 벼
그때는 그들이
여덟 식구의 버팀목이었고
오 남매의 공납금이었다

노을 지는 저녁
논 가운데 털썩 주저앉아보니
멀리 보이는 안산 능선과

쌍봉낙타 같은 부모님의 등줄기가
등고선이 같다

축복

정년에 즈음하여
영수에서 백수로 개명을 하고
환갑을 맞이하여
생업을 시업詩業으로 바꾸네

이제 오랜 숙원이던
비정규직 시인 꼬리표를 떼고
정규직 시인으로 등극하네

아내에겐 조금 미안하지만
생의 후반부에
출퇴근에 얽매이지 않고
정년도 따로 없는
정규직이 되었으니
이보다 더한 축복이 어디 있으랴

딱딱했던 직장 명함 갈아엎고
감성 충만한 시인 명함 심게 되었으니
이보다 더한 축복이 또 어디 있으랴

우리들 모습
— 2019년 촛불세상을 바라보며

해가 중천인데
잠들지 못하는 달

아들 나이 서른인데
은퇴하지 못하는 아버지

정의가 무엇인지 묻는 딸에게
미안하다는 말밖에 할 수 없는 어머니

지금 우리들의 모습

딱한 처지

그는 새장에 갇힌 새
문을 열어놔도 갈 곳이 없다
오히려 내쫓을까봐 겁낸다
그가 잠시 마실갔다 되돌아오는 길엔
자신도 모르게 발걸음이 빨라진다
새장문이 닫혔을까봐 심장이 쿵쾅거린다

그는 40년 동안 한 직장에서 사육된 몸뚱어리
철지난 버전을 계속 클릭하고
쳇바퀴도는 말들만 쏟아내고 있다
댓글은 커녕 "좋아요"조차 남기는 이 없는
그곳에서 홀로

이제 아무리 뼛속을 우려내도 맹탕이다
그에게 효험이 있는 약재는 무엇일까?

그해 겨울

그해 겨울
곳간은 가파르게 비어갔고
저수지에는 메기가 호흡곤란으로 퍼덕거리고
물기 없는 논바닥에는 마른 금이 쩍쩍 솟구쳐 가는데
하늘에선 단 한 송이의 눈도 단 한 방울의 단비도 내리지 않았다

여기저기서 화재는 자주 일어났고
물탱크가 텅 빈 소방차는 출동하지 못했다

하지만 명동거리는 아무 일도 없다는 듯이 고요했고
남산 골짜기마다 다 까먹고 버린 껍데기만 가득했다

시한부 인생을 선고받은 명동사람들은 입을 닫았고
애써 의사의 진단을 외면하며 겉으론 평온했다

다급해진 청계천 사람들만이 격분을 이기지 못하고
소월길을 서성이며 씩씩거리고 있었다

그해 겨울
남산 케이블카 아래에는 추락한 동태가 가득했다

>

하지만 여전히

목멱골 촌장은 헛발질을 이어갔고

박애보제博愛普濟*는 동사凍死당하고 있었다

* 박애보제博愛普濟 : 모든 사람을 평등하게 사랑하고 구제한다.

떠도는 낱말 들
　― L조직의 카멜레온 시리즈 미완결판

1. 감언이설

B씨는 교활한 여우의 음성에 취해 흰 발목과 하얀 꼬리 그리고 새까만 가슴을 숨기고 바구미처럼 흰쌀을 갉아먹고 있다네

주위에선 그녀를 조직에 암적인 존재라고 하는데 정작 본인은 부처님 가운데 토막이라며 오늘도 법어를 한 가득 쏟아내고 있네

2. 인의 장벽

C씨는 듣고 싶은 것만 듣고 보고 싶은 것만 보는데 귀와 눈이 번뜩거린다네

리승만 박사의 몰락을 제대로 기억하고 있는 지도 궁금하네

똑같이 외국 박사라서 국내 사정을 잘 모르는가

주위엔 통역사만 맴돌고 있네

조직문화를 통역하고 사업환경을 통역하는데 3년이 걸렸다네

이제 곧 임기가…

3. 돌려막기

L씨는 아래 벽돌 빼서 위로 들어 올리는 전문가라네

내력벽 곳곳엔 골다공증이 들불처럼 번지고 있는데 분칠만 계속하고 있네

내가 있을 때만 괜찮으면 되지 뭐~ 하면서
이제 곧 한 순간에 와르르 할 것이 자명한데
119년의 유구한 전통이 911 재난으로 돌아눕고 있네

4. 해바라기
Y씨의 안중에서 조직의 발전은 눈꼽만큼도 찾아볼 수 없다네
오직 개인의 영화가 가장 우선이네
40년 동안 표리부동으로 일관하며 양지만 쫓다가 과실만 챙기네
그는 변신의 대가인데 그것을 딱 한 분만 몰라
모르는 체하는 건지

5. 사내정치
K씨는 좋은 자리를 차지하자마자 알량한 권력을 십분 발휘하여 줄세우기를 시작했다네
하나회 척결에 앞선 YS의 결단력을 추앙하는 세력이 잠재해 있다는 것을 아는지 몰라
젊은이들이 일은 뒷전이고 정치판만 흉내 내고 있으니
미래가 좀 그래

\>

　떠도는 단어들 입에서는 "아직은 봉급이 제 때 나온다"는 후렴만 여전히 반복되고 있다네

사랑의 시학

반경환 『애지』 주간

사랑의 시학

반경환 『애지』 주간

 시는 쓸모없는 것이 아니라 쓸모 있는 것이다. 시는 칸트나 쇼펜하우어의 말대로, '의지의 한결같은 야비한 주장으로부터 우리 인간들을 해방시키는 것'이 아니라, 더없이 순수하고 아름다운 인간을 창출해내기 위한 최고급의 언어예술이라고 할 수가 있다. 태초에 말(언어)이 있었고, 우리 시인들은 이 말씀으로 이 세계와 만물들을 창출해냈다. 어머니와 아버지가 자기 자식을 사랑하듯이, 또는 예술가가 자기 자신의 작품을 사랑하듯이, '사랑의 시학'은 모든 미학의 기초가 된다.

 사무사思無邪의 경지, 시는 인간의 자기 위로와 자기 찬양의 최고급의 언어예술이라고 할 수가 있다. 만일 시가 없었다면 우리가 어떻게 이상적인 인간과 이상적인 세계를 알고, 만일 시가 없었다면 우리가 어떻게 선악을 알고 자기 성찰과 동시대를 비판할 수가 있었단 말인가? 시가 있기 때문에 우리는 숨을 쉬고 꿈을 꿀 수가 있으며, 시가 있기 때문에 우리는 수많은 어려움과

고통을 다 극복해내며, 이 세상의 삶의 찬가를 부를 수가 있었
던 것이다.

　　세상에서 가장 따뜻한 집

　　생명이 피어나는 집

　　사랑이 가득한 집

　　희망이 샘솟는 집

　　4형제가 넉넉한 정을 나누는 집
　　O A B AB, ABO Friends*

　　곧 유네스코 세계문화유산에 오를 집

　　적십자 헌혈의 집

　　* ABO Friends : ABO식 혈액형과 친구라는 뜻을 결합.
　　— 「이런 집」 전문

　김영수 시인의 「이런 집」은 이 세상에서 가장 따뜻한 집이고,
언제, 어느 때나 생명이 피어나는 집이다. 또한 「이런 집」은 사랑
이 가득한 집이고, 언제, 어느 때나 희망이 샘솟는 집이다. 이 세

상에서 가장 따뜻한 집, 생명이 피어나는 집, 사랑이 가득한 집, 희망이 가득한 집은 즉, "4형제가 넉넉한 정을 나누는 집"이며, "곧 유네스코 세계문화유산에 오를 집"이라고 할 수가 있다. 김영수 시인은 경북 김천에서 가난한 농부의 아들로 태어났고, 쉰을 훌쩍 넘긴 나이에 시인으로 등단했으며, 현재 대한적십자사 산하기관인 경기혈액원장으로 재직하고 있다. 국제적십자는 일찍이 앙리 뒤낭이 창설한 국제기구이며, 전쟁과 자연재해의 희생자들과 기아선상의 난민들을 돌보기 위한 인도주의 단체라고 할 수가 있다. 대한적십자사 혈액원은 혈액사업을 통해 인도주의를 실천하는 기관이며, 김영수 시인이 30여 년 간 그 기관에서 근무를 하고 있다는 것은 'ABO Friends', 즉 '인도주의 정신'을 온몸으로 실천해왔다는 것을 뜻한다. 따뜻한 집은 모두가 살기 좋은 집을 말하고, 생명이 피어나는 집은 옛세대와 신세대의 삶이 꽃 피어나는 집을 말한다. 사랑이 가득한 집은 너와 내가 '우리'로서 하나가 되는 집을 말하고, 희망이 샘솟는 집은 언제, 어느 때나 분명한 목표가 있고, 그 목표를 향해 중단없는 전진을 할 수 있는 집을 말한다. 요컨대 국제적십자 헌혈의 집은 이상적인 집이며, 전인류가 'ABO식 혈액형과 친구'인 집이고, 곧 유네스코 세계문화유산에 오를 집이다. 김영수 시인의 『사랑이 가득한 집』은 '나는 사랑한다, 고로 존재하다'와 '세계는 나의 사랑의 표상이다, 고로 행복하다'라는 그의 존재론과 행복론이 마주치는 '사랑의 시학'이라고 할 수가 있다. 사랑은 붉디 붉은 피이고, 붉디 붉은 피는 물보다 진하다. 사랑은 만인들을 불러 모으고, 그 모든 것을 미화시키며, 앎(지혜)을 실천하는 인도주의 정신으로 꽃 피어난다.

하지만, 그러나 말은 쉽고, 실천은 어렵다. 따라서 말과 실천, 즉, 이론철학과 실천철학이 하나가 되는 삶의 철학이 앙리 뒤낭의 경우에서처럼, 모든 인간들의 귀감이 되고, 그 이름을 얻게 된다. 형체가 없는 말로 인간의 얼굴을 만들고, 그 인간의 얼굴로 전인류의 표본, 즉, 성자의 얼굴을 만든다. 최초의 인간이며, 최후의 인간인 성자, 우리는 이 성자가 있기 때문에, 오늘도 희망과 용기를 잃지 않는다. 시는 앎이고, 앎은 실천이며, 실천은 사랑이다. 세익스피어도, 호머도 사랑의 꽃이고, 앙리 뒤낭도, 김영수 시인도 사랑의 꽃이다.

출근길엔
"할 수 있을까?"

퇴근길엔
"해냈다!"

30년 동안
아침저녁
스스로 묻고 느꼈던
직장생활

이제
마침표를 찍는다.

삶이란
물음표와 느낌표
그리고 마침표의
연속이 아닐까?

　모든 시인은 사랑의 시인이고, 사랑의 시인은 성자이다. 시인도 아름답고, 사랑도 아름답고, 성자도 아름답다. 아름다움은 잘 삶이며, 잘 삶은 불평과 불만이 없는 행복이고, 행복은 아름다운 삶의 결정체이다. '사랑의 시학'이 모든 미학의 기초라고 할 때, 우리는 사랑을 터득하고 실천하기 위하여 그토록 엄청난 인고의 생활과 고통을 다 감내하지 않으면 안 된다. "출근길엔/ 할 수 있을까?"와 "퇴근길엔/ 해냈다!"라는 "느낌표"와 "물음표" 사이에서 김영수 시인의 삶이 있었던 것이고, 이제 "30년 동안/ 아침저녁/ 스스로 묻고 느꼈던/ 직장생활"의 "마침표"를 찍게 되었던 것이다. 물음표란 자기 자신에 대한 회의이고, 느낌표란 일종의 성취이며 감동이고, 마침표란 완성이며 아름다움의 결정체이다. 삶이란 물음표와 느낌표 사이의 왕복운동이고, 이 왕복운동 속에서 대단원의 막이 내리지만, 그러나 이 마침표는 또다른 생명의 탄생이 된다. 삶이란 최선의 과정으로 짜여져 있고, 최선의 과정은 대단원의 막을 내리지만, 그러나 이 대단원의 막은 또다른 생명의 탄생이 된다. 최선의 과정은 절약의 법칙이 되고, 절약의 법칙은 단절이 아닌, 연속의 법칙이 된다. 따라서 '나는 할 수 있을까'라는 물음표는

조직에서 나의 죄는

조금 어렵게 말하면
규정의 포로가 되는 것

쉽게 풀이하면
복지부동하는 것

좀 더 솔직하게 고백하면
못 본 체 하는 것
침묵하는 것

이라는 「나의 죄」의 복지부동과,

동맥경화증에 걸린 한반도
우선 괴사되지 않게
바짝 조여진 허리띠부터 좀 풀자

그리고 피를 통하게 하자
원래 한 핏줄이잖아

처방전은 인도주의 정신으로

라는, 「피가 돌다」의 인도주의 정신으로 이어진다. '나는 해냈다'

라는 느낌표는

마장동 축산물시장 횡단보도 앞
소갈비떼를 덩그러니 실은 오토바이들이
호흡을 가다듬고 있다
출발신호가 울리자
앞서거니 뒤서거니
요리조리 잘도 비껴가며
목적지를 향해 달린다

목장의 소떼가 축사를 빠져나가듯
질서정연하다
각자 생계가 달린 상황에서도
정교한 규칙이 있다
페어플레이였다
모두 승자가 된다

라는, 모두가 승자가 되는 「페어플레이」 정신과,

강남구청역 '건강기부계단'

하얀 건반이
한번 튕길 때마다
사랑의 멜로디 울려 퍼지고

희망의 성금 쌓여가네

검은 건반이
한 번 튕길 때마다
마음의 등짐 내려지고
무릎 관절 울음소리 멈추네

발길 따라 번져가는
온정의 바이러스
건강의 청신호탄

이라는 「기부계단」의 "온정의 바이러스/ 건강의 청신호탄"으로
이어진다.

　인간은 불완전한 인간이며, 어느 누구도 잘못을 저지르고 죄
를 지을 수가 있다. 문제는 그 잘못과 죄들이 의도적이든, 비의
도적이든간에 그것을 반성과 성찰하는 '양심이 있는가, 없는가'
의 문제이며, 이 양심이 살아있을 때, 우리는 그를 선량한 사람
이라고 부를 수가 있는 것이다. 양심이란 선량한 마음이며, 늘,
항상 자기 자신을 반성하고 성찰하는 마음이고, 자기가 자기 자
신을 물어뜯고 꾸짖을 수 있는 마음이다. 자기가 자기 자신을 물
어뜯고 꾸짖는 행동 역시도 일종의 쇼일 수가 있지만, 그러나
그 쇼에는 혼이 없고 감동이 없다. 어느 누가 고위공직자로서
"조직에서 나의 죄는/ 조금 어렵게 말하면/ 규정의 포로가 되
는 것"이라고 말하는 것을 쇼라고 볼 수가 있겠으며, 또한 어느

누가 "쉽게 풀이하면/ 복지부동하는 것// 좀 더 솔직하게 고백하면/ 못 본 체 하는 것/ 침묵하는 것"이라는 것을 쇼라고 할 수가 있겠는가? 복지부동하는 사람은 사람이 죽어가는 데에도 규정만을 따지며 외면하고, 어느 상관이 권력을 남용해도 자기 자신의 부귀영화만을 위해서 못 본 체 한다. 사람을 위해서 규정이 있는 것이지, 규정을 위해서 사람이 있는 것이 아니다. 정의를 위해서 권력이 있는 것이지, 권력을 위해서 정의가 있는 것이 아니다. 복지부동은 직종 이기주의의 최종적인 형태이며, 모든 공직자들의 악덕 중의 악덕이라고 할 수가 있다.「나의 죄」는 이러한 반성과 참회의 소산이며, 김영수 시인은 이러한 반성과 참회의 토대 위에서「딱한 처지」의 길들여진 인간, 고시기계와 고시기술자에 의해서 사육되는 인간(「다시 신림동에서」), 한때는 평화의 상징이었던 그가 "마약에 취한 듯/ 졸면서 물똥을 싸는"「남산 비둘기」, '감언이설, 인의 장벽, 돌려막기, 해바라기, 사내 정치'의 'L조직의 카멜레온 시리즈'를 파헤치고 있는「떠도는 낱말」등의 인간사회와 문명을 비판하고, "동맥경화증에 걸린 한반도/ 우선 괴사되지 않게/ 바짝 조여진 허리띠부터 좀 풀자// 그리고 피를 통하게 하자/ 원래 한 핏줄이잖아/ 처방전은 인도주의 정신으로"(「피가 돌다」) 남북분단의 극복과 민족통일을 희망하게 된다. '나는 할 수 있을까'도 인도주의 정신이고, '나는 해냈다'도 인도주의 정신이다. 최종심급은 인도주의 정신이며, 인도주의 정신이란 자유와 평등과 사랑, 즉, 인간이 인간을 사랑하는 것이다. 인도주의 정신은 모두가 승자가 되는 페어플레이 정신이며, 그 사랑의 멜로디가 울려퍼지고, "온정의 바이러스/ 건강의 청신호탄"(「기부계단」)을 쏘아올리는 근본동력이라고 할 수가 있다.

이 세계는 다양한 사람들이 모여사는 곳이고, 질서가 없는 듯 하면서도 질서가 있는 곳이고, 자유가 없는 듯 하면서도 자유로운 사회이다. 인간사회는 무리를 짓는 사회이고, 무리를 짓는 사회는 조직적인 계급사회이다. 이 사회의 토대는 도덕과 윤리이며, 이 도덕과 윤리가 페어플레이를 주재하며, 모두가 승자가 되는 길로 이끌어 준다. "마장동 축산물시장 횡단보도 앞/ 소갈비 떼를 덩그러니 실은 오토바이들이" 그것을 말해주고, 그들은 모두가 다같이 "각자의 생계가 달린 상황에서도" "정교한 규칙"을 준수한다. 많은 법률과 많은 규제는 전국민을 범죄자로 만들고, 적은 법률과 적은 규제는 전국민을 모범시민으로 만든다. 사랑은 인도주의 정신이고, 인도주의 정신은 페어플레이 정신이다. 서로가 서로를 믿고 신뢰를 하면 자유가 방종이 되지를 않고, 서로가 서로를 믿고 신뢰를 하면 어느 누가 강요를 하지 않아도 모두가 다같이 기부천사가 된다. 도덕과 윤리가 있고, 그 다음에 인간이 있다. 왜냐하면 인간은 사회 속에서 태어나 사회 속에서 죽어가고 있기 때문이다. 언어도 공적인 재화이고, 돈도 공적인 재화이고, 명예와 권력도 공적인 재화이다. 아름답고 멋진 승부와 경쟁, 서로간의 도움과 협력, 그리고 '한마음—한뜻'이 김영수 시인의 페어플레이, 즉, 인도주의 정신일 것이다.

김영수 시인의 '사랑의 시학'의 기원에는 부모님으로부터 물려받은 삶의 철학과 그토록 어렵고 힘든 시절에 그를 인도해주셨던 선생님들의 가르침이 있었으며, 이 교육의 효과에 의하여,

대나무처럼 곧되
눈이 쌓이면 휘어질 줄 아는 지혜

소나무처럼 푸르되
끊임없이 솔가리를 만드는 혜안

또 한 해가 저무는 길목에서
대나무처럼 살라 하네
소나무처럼 살라 하네
　　　　　—「생의 길목에서」 전문

라는, '송죽松竹의 기상'을 자기 스스로 갈고 닦은 것이라고 할 수
가 있다. "엄마의 은행은/ 대출조건이 없다// 또 상환 받지 않
고/ 추가 대출을 한다// 엄마의 은행은/ 평생 대출만 한다// 혼
이 다할 때까지"의 「엄마의 은행」.

　　겨울이 다가오면 엄마의 손은 애지중지하던 스웨터를 밤새 푼
다 그것만으로는 부족했을까 엄마의 손은 또 팔꿈치가 닳은 큰
아들 도쿠리를 풀고 또 무릎이 구멍 난 내 털바지를 풀고 또 발
꿈치가 해진 동생 털양말을 푼다 엄동설한 건너방 윗목에는 털
실 꾸러미가 가득하여 포근했네 겨울밤이면 털실은 몇 번을 돌
고 돈다 형의 도쿠리가 동생의 바지로 내 바지가 형의 도쿠리로
동생의 도쿠리가 형과 나의 양말로 다시 태어난다 처음 단색이
던 도쿠리에는 줄무늬가 곁들여지고 양팔과 몸통은 서로 다른 색

상으로 다시 태어나고 또 풀고 다시 짜고 하면서 엄마의 지혜와
졸음이 한 올씩 보태지네 이제 여든다섯, 엄마의 손은 지금도 여
전히 마이다스의 손이다

의 「엄마의 손」, 부둣가의 어린 노동자에서 「다랭이논」의 가난한
농부로 살아왔으면서도 언제, 어느 때나 입신출세와 일확천금
보다는 정의로운 길을 역설하신 아버지ㅡ. 하지만, 그러나 어머
니의 사랑은 조건이 없는 사랑이고 아버지의 사랑은 조건이 있
는 사랑이다. 왜냐하면 어머니의 사랑은 아이를 기르는 양육자
의 사랑이기 때문이고, 아버지의 사랑은 아이를 가르치는 교육
자의 사랑이기 때문이다. 엄마의 사랑은 대출조건이 없고, 또 상
환받지도 않는다. 엄마의 사랑은 낡은 스웨터를 풀어 큰아들 스
웨터를 짜고, 큰아들 스웨터를 풀어 동생의 스웨터와 나의 양말
을 짠다. 이에 반하여, 부둣가의 어린 노동자에서 「다랭이논」의
가난한 농부로 살아온 아버지는 막내 아들에게, 「명판결」이라는
시에서처럼, 검사의 길을 가지 말고, 판사의 길을 가라고 명령
을 내린다.

　　내, 잘은 모르지만
　　판검사는 들어봤어도
　　검판사는 못들어봤다
　　오마, 판사로 가거라

　　사법연수원을 수료하는

막내아들 진로를 놓고
부자간에 상의하던 중
촌부의 마지막 말씀이다

20년 뒤
막내아들은 고위 법관이 되었다

아버지는 그때 결정을
명판결이라고 부른다

현직 고위 법관도 인정하는
명판결이다
　　　―「명판결」전문

　검사는 피해자(원고)의 편에 서서 가해자(피고)에게 복수를
하는 칼잡이가 되고, 판사는 가해자와 피해자 사이에서 어떤 치
우침이나 편견없이 공정한 판결을 내리는 심판관이 된다. 검사
는 손에 피를 묻혀야 하고, 판사는 더 이상의 다툼이나 분쟁이
없도록 사랑과 화해의 손을 잡아주어야 한다. 검사는 칼이고, 변
호사는 방패이며, 판사는 심판관이다. 이 세 갈래 길, 즉, 법조
삼륜의 길에서 판사의 길로 인도해주신 아버지의「명판결」이 고
위법관인 막내 아들을 인도해냈고, 이것이 혈통의 순혈성과 가
문이 영광이 되었던 것이다.
　하지만, 그러나 이 양육자의 사랑과 교육자의 사랑은 어디까

지나 가정이라는 울타리 안에서의 일이고, 그 아들 딸들이 더 큰 사회로 나아가기 위해서는 학교를 다녀야 하고, 그 학교에서는 스승의 가르침을 배워야 한다. 김영수 시인에게는 "우리 아들은 중3때 이미 이 책 다 끝냈데이"라며 "고3때" "성문기본영어/ 책과 카세트 테이프를" 건네주시며 「신신당부」했던 담임 선생님이 있었고, 그토록 어리석고 철없던 "어린 야생마들"을 오늘날, "우리사회 구석구석에서" "크고 작은 동량으로 우뚝"서게 만든 "송재곤 은사님"(「그대의 향기가 그립습니다」)이 있었다. 대나무처럼 곧고, 소나무처럼 늘 푸른 김영수 시인의 '송죽의 기상'에는 이처럼 훌륭한 어머니와 아버지, 그리고 스승이 있었던 것이다. 이 세상에는 우연이 없고, 모든 사건과 사고들, 즉, 어떤 일의 크고 작은 성취와 실패에는 반드시 필연적인 인과법칙이 있을 수밖에 없는 것이다. 원인없는 결과없고, 결과없는 원인없다.

아들은 아버지를 사랑하고, 아버지는 아들을 사랑한다. 아들은 어머니를 사랑하고 어머니는 아들을 사랑한다. 제자는 스승을 사랑하고, 스승은 제자를 사랑한다. 사랑은 더 이상 나누어질 수 없는 원자와도 같고, 이 사랑은 비이기적인, 사심없는, 만물의 토대가 된다. 사랑의 손길, 사랑의 다랭이논, 사랑의 학교, 사랑의 밥, 사랑의 학문, 사랑의 정치, 사랑의 경제, 사랑의 행복 등─. 사랑이 없으면 너와 내가 무너지고, 사랑이 없으면 이 사회과 국가가 무너진다. 이 세계에서 가장 힘센 것은 사랑이며, 사랑은 때로는 다이나마이트처럼, 또는 원자폭탄처럼 폭발한다.

나는 보았네

떠나가는 봄날

고향집 담장 아래 꽃밭에서

뜨거운 몸짓으로

작열하는

그 정열을.
― 「장미꽃 한 송이」 전문

인도주의, 즉, 페어플레이 정신은 소나무와 대나무처럼 늘 푸르고 올곧은 정신이며, 그 무엇보다도 뜨거운 정열로 피어나는 장미꽃과도 같다. 김영수 시인의 장미 한 송이는 불이고, 불꽃이며, 정열의 표본이고, 아름다움의 표본이다. 현상과 허상을 초월한 형이상학의 극치, 모든 현상과 허상의 기원이 되는 본질―. 이데아는 영원한 원형이며, 「장미꽃 한 송이」는 '영수에서 백수'가 아닌 영원한 시인의 길을 가야만 하는 김영수 시인의 삶의 찬가이며, 그 모든 것이라고 할 수가 있다.

정년에 즈음하여
영수에서 백수로 개명을 하고

환갑을 맞이하여
생업을 시업詩業으로 바꾸네

이제 오랜 숙원이던
비정규직 시인 꼬리표를 떼고
정규직 시인으로 등극하네

아내에겐 조금 미안하지만
생의 후반부에
출퇴근에 얽매이지 않고
정년도 따로 없는
정규직이 되었으니
이보다 더한 축복이 어디 있으랴

딱딱했던 직장 명함 갈아엎고
감성 충만한 시인 명함 쥐게 되었으니
이보다 더한 축복이 또 어디 있으랴
― 「축복」 전문

　김영수 시인의 '사랑의 시학'은 장미꽃이며, 영원히 시들 줄 모
르는 '축복의 꽃다발'이다. 사랑은 국경도 모르고, 사랑은 인간
과 인간의 차별도 모른다. 이 세상에서 가장 따뜻한 집, 생명이
피어나는 집, 사랑이 가득한 집, 희망이 가득한 집에서 예술 중
의 예술인 시와 꽃 중의 꽃인 장미꽃이 피어나고, 수많은 벌과

나비들이 모여들 듯이 부자유친의 드라마와 모자유친의 드라마, 형제지간의 드라마와 사제지간의 드라마, 인간과 인간의 드라마와 그 모든 드라마들이 펼쳐지고, 그 이야기꽃의 향내들이 삼천리 금수강산에 퍼져나간다. 시는 사랑의 시이며, 사랑의 시는 장미꽃이다. 시와 장미꽃—, 즉, '사랑의 시학'에는 남녀노소도 없고, 정규직과 비정규직의 구분도 없고, 영원히 축복받은 시인만이 살게 된다.

시인이란 누구인가? 이 세상의 삶을 찬양하고, 또 찬양하는 사람을 말한다. 이 세상에서 가장 행복한 사람은 누구인가? 자기 자신의 몸과 마음마저도 다 열어제치고, 시의 꽃과 장미꽃이 활짝 핀 집으로 모든 사람들을 초대할 수 있는 사람을 말한다. 나중에 된 자가 먼저 되고, 늦깎이가 최초의 시인이 될 수 있다. 늦깎이 시인으로서 첫 시집 『사랑이 가득한 집』을 출간한 김영수 시인에게 진심으로 시신詩神의 은총이 깃들기를 바란다.

김영수 시집
사랑이 가득한 집

발　　행 2020년 2월 25일
지 은 이 김영수
펴 낸 이 반송림
편집디자인 김지호
펴 낸 곳 도서출판 지혜 · 계간시전문지 애지
기획위원 반경환 이형권
주　　소 34624 대전광역시 동구 태전로 57, 2층 도서출판 지혜 (삼성동)
전　　화 042-625-1140
팩　　스 042-627-1140
전자우편 ejisarang@hanmail.net
애지카페 cafe.daum.net/ejiliterature

ISBN : 979-11-5728-389-7 03810
값 10,000원

김영수

김영수 시인은 1961년 경북 김천에서 가난한 농부의 아들로 태어났다. 쉰을 훌쩍 넘긴 나이에 『문학세계』를 통해 등단했다. 현재 문예사조문인협회 이사 · 계간문예작가회 중앙위원으로 활동하고 있으며, 경기혈액원 원장으로 재직중이다.

김영수 시인의 첫 번째 시집인 『사랑이 가득한 집』은 '나는 사랑한다, 고로 존재하다'와 '세계는 나의 사랑의 표상이다, 고로 행복하다'라는 그의 존재론과 행복론이 마주치는 '사랑의 시학'이라고 할 수가 있다. 사랑은 붉디 붉은 피이고, 붉디 붉은 피는 물보다 진하다. 사랑은 만인들을 불러 모으고, 그 모든 것을 미화시키며, 앎(지혜)을 실천하는 인도주의 정신으로 꽃 피어난다.

이메일: kys0161@naver.com